晨與露紙上已起霧
書窗樓閣，曖昧了理路
殘留的時間，釋出了空間
微光稀釋了各自的孤獨
只想問你
後來的你，好嗎？

目錄

推薦序———
人到癡時方為詩

陳文銓

　　這是作者近十年來即將問世的第五本詩集，這些詩作陸續出版的當中，有幸先睹，並蒙邀為之序與導讀，此次亦不例外。我並非真正詩人，更無列入詩人隊伍排行論輩的資歷，只是一貪好文墨、浸淫古典的半票讀者而已。作者殊厚，再次邀為新作《後來的你，好嗎》繼續塗鴉寫序，盛意殷殷，豈惜墨如金哉？

　　我向來慵懶，耽溺於書，醉心詩文，非但怠於執筆為文，也無力寫出自己滿意的文字，焉敢不有自知之明，徒野人獻曝、自暴其醜？作者存心若何自不可知，但其誠誠懇懇，終瓦解了我不自量力的顧忌。心之鼓動，一時興起容易；面對佳作篇篇，方知允諾維艱。雖吾亦勤勤懇懇以讀，然六十首詩作，一一盡讀，字字句句，再三推敲，總覺力有未逮處，想一抒其懷，盡寫其意，猶知不可也。

　　《後來的你，好嗎》搭配莉塔的畫，為絕美詩畫集。可貴的是，莉塔的畫全然不為作者的詩作插圖；作者的詩，也不必然是為莉塔的畫而作。畫家的畫與詩人的詩，皆慧心獨運且能相融如一，詩藝之臻妙，至乎此，不可不謂折服矣。此詩集分為六輯，每輯十首，共有六十題之多。大致可分為古典抒情、即物書寫、自我反思、宗教信仰……幾大類，與前幾集詩作雖略有不同型類書寫，然寫作風格，仍可看出不減其一貫委婉典約之姿。作者對事物的觀察、取材，雖因處境不同，視野亦有所殊異，但其對文字一直保有獨特的喜好，故而古典意象經常不自覺地浮現於詩句中；甚而有不少即物書寫的作品，明明是當前景色、眼中所見事物，作者卻特意以古典詩詞的形式來表現。

　　以古典手法來寫新事物，雖無不可，但能即境融入，書寫洽如的，確為罕見。作者能如是，寫來絲毫不見扞格，可見自有一番自信與巧

思在。風格的一貫與文字的風姿，乃是作者詩作中顯明的特質與色調，其引人側目者也在於此。

舉這首〈花窗雲深〉，即可看出作者即物描寫的表現手法，乃出於古典抒情的路徑。全詩託以古典詩詞的語境而寫女子愁風愁雨的懷春心事，現代詩的書寫運用古典的手法表現，這是很值得注意觀察的一例。此詩描寫女子感春傷時的情緒十分深透，意象也極精準。透過「月色」、「餘寒」、「柳韻」、「半風半雨」、「春箋」等具體物象來對應女子細緻的情感，可以說捏拿得極為穩妥。

眉梢月聲聲慢 / 點點餘寒 / 羞色未眠時 / 這歲月柳韻染華髮 / 花窗雲深 / 山闊水也長 / 二月時 / 半風半雨來入詩 / 低眉淺吟 / 一帖春箋未盡意 / 春色已深深

細細吟詠此詩，不覺多層詩境都湧現在眼前；可以是作者當下心情的寫照，也可以是古往今來女子言為心聲的吐露。作者在抒發自己心情之餘，也設想到所有女子「人同此心，心同此理」的感同身受。這般見景傷情的感思，是不分時間、不論空間的，普天之下所有感性的女子莫不如是。既是如此，作者將這一欲吐不吐、既露又藏的情感，訴諸較委婉的文字處理，是可以理解的。古典詩詞的形式表達技巧，被作者自然的運用到現代詩來，可謂相當別出而又不失效果。

同樣的例子在〈停泊的夜色〉、〈舞蝶迷香－訪宋〉、〈煙霞過江〉、〈雲梳水流〉〈懸月酣然〉一系列的詩作中，清楚可見。作者為何會如此頻於以古典句法用諸於現代詩、現代題材的書寫？如果光從形式表現來看，定會渾然不解，但若能細讀其詩，從題材與詩境切

入，必然會豁然了知，原來除了作者對於文字的喜好習慣外，另有更細緻的用心處，即作者在選擇以古典詩形式書寫時，都會考慮到詩境情意的相融性，此一相融不但消弭古典、現代語境的疏離，反而促進了古典詩意與現代詩境的互映。

以現代詩的表現技巧來重新演繹古典詩，詩壇已有不少詩人嘗試過，如洛夫即是一成功的例證，可見以古典詩形式表現來書寫現代詩，亦是可行的。作者以婉約的文字風格，借古典詩形式來書寫現代詩，在慎選題材之餘，我們讀到的盡是既相融又有趣味的詩作，此不能不說是作者巧於構思經營的結果。

相較於前幾集詩作，我們可見到作者試圖在取材上有所不同的關照。從整體詩作來看，不難得知這種變化是有脈絡可尋的，為數不少的宗教信仰與自省反思的詩作中，我們清楚掌握到了這變因的由來。諸如：〈信仰者的幸福〉、〈關。自在〉、〈度心到彼岸〉、〈行。止〉、〈皈依生活〉……等詩作，都足以看到信仰的軌跡。這些來自信仰的書寫，成為一種不可逆的心境改變，由此，也有了這些不同詩作的出現，如：〈我與我的孤單〉、〈我與我的靜坐時間〉，從而對比這兩類詩作來看，確實也是如此。

〈信仰者的幸福〉一詩，二十四行，一氣呵成，寫出有了宗教信仰後的改變。「日日夜夜 / 每個輪迴都將為自己重生 / 雨後的天空 / 你還憂鬱嗎？」這樣的詩句，已夠坦然、夠明朗，直指有了信仰後的煥然一新，詩人的心境，也有了不一樣的徹悟，一時身心俱明，從此信仰融入了生活，眼之所見，耳之所聽，手之所觸，鼻之所嗅，舌之所味……莫不為之所化，不再有塵累之苦。從而，有了「一種寫詩的心情，灌溉荒

蕪／側錄跋涉的山水／風的間隙，預留一行小字／『信仰者的幸福』」

〈我與我的孤單〉一詩，看似屬自省反思的類型書寫，但觀全詩又是一首唯美的抒情詩。作者以細緻深刻的筆觸，追憶對戀人的種種情事，口吻既溫柔又多情，將詩人纏綿悱惻的情愛，盡寫入詩句中。全詩有二十六行，一體成篇，前二十四行以情事書寫，語語環扣，節奏緊湊，可視為預做鋪陳，直到後兩句「我與我的孤單／是自我修練的一種方式」才將主題正式說出。原來所謂的「孤單」，所謂的「自我修煉」，也是完成愛情的「一種方式」。

這種反差堆累，所帶出的力道，是一種爆裂式的震撼效果。前者綿綿述說的是昔日兩情的種種繾綣，後者凸顯的是而今的「孤單是自我修練的一種方式」這樣一極力鋪陳，一簡潔有力收尾，映襯出主題的表達方式，在古典詩中亦不乏常見，李商隱的七律〈淚〉詩、辛棄疾〈賀新郎・別茂嘉十二弟〉皆可謂此中最佳典範。

以上約略所舉，皆新詩集不與昔同的幾項值得觀察處。當然作者最擅長的，還是抒情書寫，可以說這六十首篇幅皆不長的詩作，首首皆蘊藏著作者特別的情感在，展現出作者抒情敘述的嫻熟。〈從第一行字開始〉、〈長卷〉、〈後來的你，好嗎？〉、〈含羞草〉、〈祢來了〉、〈自認識你以來〉、〈之間〉、〈無言詩〉等篇，均很耐讀，叫人特別愛看。我最喜〈長卷〉、〈含羞草〉；〈長卷〉的長不在字句，乃在於雋永深長，饒有詩趣；以「小窗」、「落日」、「詩與墨」幾個簡單的物象，連結成一幅極有情景的畫面，尤其以「靜聽長卷裡，生生不息的水聲」作結，水聲生生不息，有若餘韻裊裊不盡的想像。

作者擅長於選材命題，光看題目就很特別。每一個題目就像一首

無字之詩，充滿想像空間，油然生起，對詩的進一步渴求。對意象的經營，文字的喜好，作者一直有她的偏愛，譬如「蝴蝶」這一意象在全集中出現了共有十一次之多，這一意象顯然有其象徵所依，可以斷然地說，這一意象並非新詩集才遽然出現，那麼蝴蝶這一意象不斷地出現在詩作中，到底隱藏著什麼？是哲學的「莊周夢蝶」呢？還是文學的「莊生曉夢迷蝴蝶」呢？作者有意無意間放飛的這隻蝴蝶，看來是值得讀者費心去追索的。

最後，更要提點讀者，在讀這一詩集時，幾個關鍵詞，也是通往詩人心靈世界的重要符碼。作者一直在詩句中顯而不隱的強調的這些詞語，不論有意或無心，怎麼看都是一種隱喻，一種無言喧說，更是一種慨然的心語。如：「曖昧」的「夢土／夢境」；「歲月／光陰」的「風霜」；「寂寞／孤寂」的「放飛」；「慈悲」與「溫柔」的「和解」……如此鮮明，一再出現於詩句的語詞，並非偶然，一定有作者特別的作用。透過這些語彙，仔細推敲，實不難理解其中的意涵所在。所謂「以意逆志」，所說正是如此，讀者實不可輕忽。

作者序————
關於詩—我們在老舊時光裡相遇

詩作／陳姵綾

後來的你，好嗎？
每一念生滅，可以豐盈盛開也可以枯萎絕美

後來的你，好嗎？
虛空沒有距離，彌漫的愛無所不在

後來的你，好嗎？
如果你有祈求，祂就是方向且不離不棄

或行或止，半壺風霜
記錄了書窗樓閣裡的一些老舊時光
似曾相似嗎？你是否也在秘境裡
發現了鳥的行蹤與蝴蝶的去處。

「詩」亦為「思」—如果能以最精煉濃縮的文字，讓閱讀者衍生更多、更寬廣的想像空間，那麼我一直享受著關於「詩人」的這個工作。

「詩」對我而言，是一種欲吐不吐的敘事，「詩」容許我不用特別嚴謹的框架對讀者交代什麼？「詩」所延伸的思維除了羽化的意念及結晶的淚水，讀者更不用在意自己是否精準的參透詩人的原意。

2012 年開始在臉書發表作品便與讀者互動頻仍，也從出版物《姵綾情詩》創作系列到《一葉寧靜》、《如果你正讀著我》，我們連結著「作者」與「讀者」之間互以療癒的關係。如同作家白靈所言：「讀詩是讀者對作者在想像上的『寬容』，其實也是讀者在想像上自我的柔軟，自我試探的一部分……」。

從寬容到試探，不經意的成就了一段融化憂傷的療程，彷若撫鏡映照，在虛實之間觀照自我自性的一種無限可能的解讀模式。

潮音的沉吟、窗花中的游雲、晨曦夕落所暉映的蝴蝶夢徑以及數不盡的曖昧少年時。每一首詩彷彿都為你保留著「共創」的空間並且不設限的引你對號入座。因此，關於我們的「共創」，除了互以往來所回應的詩句交流之外，更可融入圖像畫作的任何型態。或以書法，或以陶塑手作、鍛金冶煉的方式來延展詩的意境。我們更將詩歌詞句所賦於的內蘊情感，譜之以曲讓唱誦的樂音透過嬝嬝聲線的鋪陳轉折，來演繹一首詩背後曾經發生的故事；也因此有了〝姵綾情詩女子樂團〞的誕生。

《後來的你，好嗎？》是我的第 5 本詩集亦是我和雲遊畫家—陳美珠 (莉塔) 的詩畫共創。莉塔老師習畫、作畫已逾 20 年，在人身暇滿之餘，藉著畫筆滌靜心靈，修身養性。一次又一次豐富深邃的色蘊堆疊出她對生命的感悟以及對於廣袤大地的悲憫與關懷之心。在編整的過程中，有相契的喜悅、有矛盾的交錯，更多的時候，我們被彼此釋出的包容與善意所感動。然，這對於我們而言，不只是完成一本詩畫集，更是共同歷經了一場生命盤點的修練過程。我們深信，上天總給我們最美好的安排，包括與你偶遇相知相惜的驚喜。祈願藉著這本詩集作為媒介，讓我們一起見證，生命有其無限的能量及開展的可能性。

陳姵綾 /2023 春日 · 於蘭亭書屋

陳姵綾

被喻為台灣第一位療癒系詩人，以療癒詩寫為職志；
始終認為，文字是元素，愛是基底，一顆善解的心，
能讓文字成為最美最動人的線條。

《姵綾情詩》宛若晚唐唯美派，亦似民初抒情風，
輕快如民歌，質樸逼樂府。《姵綾情詩》書寫的情感，
清淺中見深情，質樸裡見哲思。

學經歷／

亞太經營家讀書會　創會長
快樂傳播事業有限公司　總監
國立中興大學　文學碩士

著作／

《姵綾情詩》、《姵綾情詩 II 愛情經過》
《一葉寧靜》、《如果你正讀著我》
《後來的你，好嗎？》

作品編選入／

《亞洲唱片 — 與時光對話》
《風過松濤與麥浪──台港愛情詩精粹》
《2019 微信詩歌年鑑》

作者序 ————
蛻變中的自在

圖作／陳美珠（莉塔）

　　我的故鄉在豐原，因緣際會，定居北部經營成衣，是前台北蘭絲服裝負責人，因熱愛文學與藝術，對於思想與文字難以盡情表達的，我喜歡用「畫」來詮釋內心的藝想世界。

　　歷經 20 年，畫出每個時期，對人、事、物的感動，期許自己能成為終身的藝術學習者。繪畫對我而言是一種美的修行，世上很多紛紛擾擾之事，可以透過修行找到一片淨土，而我也是藉著「畫我所愛，愛我所畫」，在畫布上自成一方靈修道場，衷情我的藝術探索之旅。

　　我的作品融合了思想與抽象，將現實與虛構帶入了美學的曠野，而這些靈感皆來自於生命的歷練與感知，也是精神之所託，讓生命換另一種方式存在。這次有機會與詩人陳姵綾老師共同創作出版詩集，讓我倍覺驚喜與榮幸。姵綾是療癒系詩人，其文字平易近人卻意境深邃，常常在不經意間，讓讀者對號入座，心有戚戚焉，產生共鳴。

　　這本書的命名《後來的你、好嗎？》相信讀者和我同感，乍看到這個書名的剎那間，心中也隨之興起一絲絲漣漪。讓我們不自覺的把過去與現在自動連結起來，這不就是一種語言的魔力嗎？

　　姵綾的詩作，用詞簡明，字字含情，如若鄰家女孩，與你對話，為你傾訴。她的詩充滿畫面性，穿越古代與現代，在我看來她是用畫畫思維及畫畫筆觸來寫詩，且意到筆隨，讓詩句充滿豐富的色彩。

　　她的語言能瞬間抓住畫面，有情感的深度、有時間的層次，充滿想像空間，形成一種獨特的魅力與風格。彷彿來自空靈的回響，愛恆在，一直都在 ......

陳美珠（莉塔）

自許為雲遊畫家。淡泊名利，生活低調不慍不火。
莉塔如是說著：「畫我所愛，愛我所畫」
沒有經過生命火花的淬煉，沒有經歷紅塵濁世的沈澱，
怎能遇見旅程中的奇花異草？或濃或淡皆是人生滋味，
每一筆顏彩皆是向世界發出慈悲的美意，且源源不絕。

美展入選、得獎記錄／
100 年台灣國展　琵鷺樂園
100 年中部美展　木玫瑰之戀
102 國際藝術協會　綻放
103 國際藝術協會　街頭藝人

輯一／被潛入的書頁

葉與葉交換秘密
被潛入的書頁
從容以待

有秘密仍在進行
陽光傾斜
掩映花瓣的笑容

從第一行字開始

你呼吸著我的心跳
低眉下探 45 度的景深
凝視書頁上私密對角
語境成熟
時間結晶

裸露一襲半透明的距離
跨過夢土
從第一行字開始
你是離我近的自己

莉塔 / 閱讀時光

莉塔 / 歸人

濃淡之間

是風是雨打濕眉梢
我的耽美瀲灩了半生
遠山飛雲穿霧
舊時光隱沒少年
紅顏遲疑月光的行徑
一溜煙迷失了寫意
鳥的行蹤
與蝴蝶的去處

堆疊的喧嘩漸次離席
夕陽試圖翻譯
一座來不及恭誦的經文
書寫的草稿成蔭
膜拜繁衍多時的密意
研墨吧！
濃淡之間都是人生滋味

愛你的另一種方式

擱淺的心停靠在 103 頁
粉紅玫瑰的底紋泛著冷香
謊言縱走
與美麗的詩句並排

打從扉頁開始
戀眷你詩歌隱藏的心事
試圖解開一隻蝶飛往的去處
紅磚黛瓦一窗又一窗

放飛
是一種曖昧的生活哲學
也是我愛你的另一種方式

莉塔 / 幸福花園

關於被潛入的書頁

長鏡頭
追蹤睽違的童年
成長的夢境
依然銜著薄荷清香
枝葉茂密了叢林
淡入天際線
路過的風時而停佇
葉與葉交換秘密

被潛入的書頁
從容以待
有秘密仍在進行
陽光傾斜
掩映花瓣的笑容

類小說的情節
試圖扭轉青春誓言
總有人在訴說著故事
關於時間已然成謎
且
沒有絕對的答案

長卷

或說過去，或說永遠
小窗，落日
一枚朱紅印記

詩與墨，幾行歲月
靜聽長卷裡
生生不息的水聲

莉塔／清淨

莉塔 / 雙鶴齊舞

半壺風霜

半壺風霜，對飲歲月
雲卷天窗，一紙寂寞花黃
可曾留香？

托缽
行吟山水間，硯池墨字
書不盡，曖昧少年時

濺了一地月光

1.
覆於耳際一絡霜雪
髮絲如流擺渡歲月
撫琴勻出
千隻蝶萬隻蝶
隱喻
花籤中的詞句

2.
光陰樹藤纏綿
窸窸窣窣
籠絡一燈心事
一首老情歌流淌而過
濺了一地月光
連星芒都瀾不住

莉娜的下午茶

是否遺落什麼沒有帶走？
是否遺忘什麼記不起來？
莉娜　妳的名字

上揚的嘴角甩不掉憂鬱
深邃的雙眼淹沒不了淚光
巧克力、提拉米蘇
卡布基諾或者黑咖
即使是閨蜜也無法解密
小小劇場上演的無數神祕

Doctor Yan 說：

妳來自 X 星球，終將歸去

想是妳的家人召喚著妳

如同此刻，我們正想著妳

莉娜　妳的名字

閃閃亮著光，在屬於妳的星球

不問來生，妳是永恆的天使

沒有遺落，沒有遺忘

我與我的孤單

字紙簍滿載赤裸的心情
報廢的片字，被遺棄的思念
以及不修邊幅的
關於你的種種……

A4 紙張一身清白，透析
我與我的孤單
窗扉或有暗香經過
你的告白
是無以回覆的答案
敞開時光
遇見初夏的明亮
被馴服的皺紋收納歲月
季節無恙
委婉訴說趨近黃昏的容顏

如何告訴你，那些
來不及為你盛開的花
與深情的眼淚

除了
未完成的夢境
我尚有隔著詩句的
你的距離

恬靜已然夜色
溫柔以待
只想寫詩與你傾訴
我與我的孤單
是自我修煉的一種方式

後來的你，好嗎？

有煙花
跌宕在某個章節
老舊的光陰
風流劍，鴛鴦蝴蝶夢
疑惑的江湖懸案

晨與露，紙上已然起霧
書窗樓閣，曖昧了理路
殘留的時間，釋出了空間
微光稀釋了各自的孤獨
只想問你
後來的你，好嗎？

輯二／有花香經過

葉之傾訴

葉與葉綿延詩句
向天涯靠近

暮光
由海角出發連接未來

遞嬗的節氣輕嘆一聲
由綠轉黃

日落前
將雲白天藍收進行囊
忽暗忽明的行蹤
刻意不留標點符號

時光在靜默裡打坐
釐清了虛實生滅
為禱詞添了慈悲羽翼
調伏了心境

所有的無明尚待證悟
在淨土之前你是遊子
以飄零之姿
向大地致謝禮
線條優雅而淡然

木質的心若有祈求
亦能堅韌而柔軟
一日一瞬一葉一世

有花香經過

夢輕輕飛，有花香經過
那一年的矮牆
窗扉及深藍色衣衫

採擷幾朵杭菊
日落的餘溫，沉潛杯盞
眼耳鼻舌身意
一卷經書剃度了身世

莉塔 / 湖邊小屋

一朵蝶的遇見

一朵蝶
棲止初春的枝椏
窗玻璃讀過水漬
昨夜的雨
如夢
如多情的你

苦難與微笑共存
水與淚宣告和解
海闊無限延展
隨著自由的風放飛

風輕輕吹
吹過窗前的你
吹過窗前的你的花朵
此刻
翻閱書頁
遇見的深邃或淡泊
許是
久未謀面前世的你

若遠若近若有不盡

蝴蝶穿針引線
薄翼透析著光
靜謐角落遺忘的青春

從盛夏到初秋
從以前走向未來
在每個熟成的書頁裡
敘事與傾聽
訴說與回應

隱藏的密碼
在光陰的皺褶裡
揭若前世的眉批
若遠若近若有不盡

容顏終與歲月和解
今夜佐一席月光
向你啟白

棲息是另一種飛翔

棲息或飛翔
簷下的雨滴剽竊了禪意
你在方格子裡閉關

一念古剎鐘聲
拾階而上
綿延的思路淹沒足跡
羅織的羽光交錯
初遇的青澀
你問
棲息或飛翔？

棲息
是另一種飛翔
孤枝伏案的寫意
是霧是悟
文字的路徑
隱匿於時間之外

莉塔／棲息

莉塔／印象木玫瑰

花窗雲深

眉梢月聲聲慢
點點餘寒羞色未眠時
這歲月柳韻染華髮
花窗雲深
山闊水也長

二月時
半風半雨來入詩
低眉淺吟
一帖花箋未盡意
春色已深深

自認識你以來……

牛奶絲質的窗簾
親膚　微甜
恰似拂過臉頰的
你的貓膩
你的陽光貼圖　連結
一聲早安
翻譯著日子的尋常
自認識你以來
我們與晨光有約

晨光
甦醒慵懶的睡袍
日照
穿過時間縫隙
睫毛
撐起你存在的世界

杏仁麥香溫暖了心意
藍莓貝果
塗滿大地的笑容
我最愛的起司
佐一首小詩
便是滿滿的幸福滋味

天使帶來迷人的樂音
每一聲早安的伊始
承載著無止盡的祝福
我的世界無恙，你也安好

莉塔 / 時光娃娃

莉塔 / 白鴿。女孩

女子的春衫

雲端乍雨還晴
流經憂傷的河
承許你
自由汲取
夢裡的千山萬水

時間解語
戀棧著你的詩句
步履輕輕
三月的顏彩微甜
宛若
女子的春衫

風
一吹就婀娜多姿

含羞草

含羞草隱藏慾望
蝴蝶飛入夢魘
寫給你的信藏在詩心
短句輕嘆
長句不拘小節

隨緣而過
那委婉的曲徑
莫要試圖調戲
枝葉的顏色
風一吹就多愁
善感

祢來了

祢來的正是時候
美麗的音階滴滴落
落在你花漾的臉龐
落在你柔軟的草皮上
落在你微笑頷首的心坎裡

點點滴滴點點滴滴
承許著諸神的美意
雨呀雨呀雨
祢來的正是時候
洗淨一切煩憂
潤澤了乾涸多時的靈魂
雨呀雨呀雨
祢來的正是時候

輯三 / 我在離你最近的地方

入夜之後
引一盞心燈
點亮星星的顏色

其實
我在離你最近
的地方

靜謐的喧嘩

樹與森林
魚和大海
我那私釀的淚滴啊
早已
融入遼闊的濤聲

風搖曳
投遞一朵夢想
默默承許
一首詩的誕生
如果
你徒步向我走來

長長的沙岸
試圖
解構虛擬的語境
由陌生而熟悉
由冷漠而沸騰

溫柔以待
慈悲牽引孤寂
靜謐的喧嘩
原來
小小的宇宙
早已發光發熱

關於三月。花事

1.
三月淡淡
夢裡的蝴蝶歸來
晨露留宿隔夜的詞彙
展翅著妝
透亮的心情
飛起斑斕顏彩

2.

可有

聽見清脆鈴聲響

在三月抵達天際線

每個盛放的裙擺

仰望

就是笑聲蕩漾

3.

是聲韻是旋舞

一朵一朵曼妙

彷若

那一年打勾勾的青春

這時節的遇見

沒有陰晴只有心情

停泊的夜色

1. 停泊的夜色，酣眠
踩著月光的韻腳
很輕很輕
深怕，驚醒一個夢

2. 葉落三千，猶有餘韻
循著香蹤曾有的紅艷
那誰多情
遺落的步履，一葉一宿
訴說著前世

莉塔 / 戲水琵鷺

我在離你最近的地方

秋分冉冉坐化時間
孤枝斜陽凋零了字意
殘言斷句
隱匿著
一座孤島的完成

疲憊的淚水流向大海
故事的結局熟成了歲月
入夜之後
引一盞心燈
點亮星星的顏色

其實
我在離你最近
的地方

騰一個空位給你

時光柔軟
適合在書卷裡安座
騰一個空位給你
如果你剛好經過
幾綹斜陽一盅淡碧
嫩綠的大草原協奏鳥鳴水聲

對窗對坐冬至裡的角落
修煉的文字
縫補了破碎的靈魂
時間隨著風暴而去
褪色的思維漸次被喚醒
沒有憂傷沒有矯情
歲月穿針引線仍遞延著想望
騰一個空位給你
如果你剛好經過

信仰者的幸福

陽光傾斜疑惑的邊境
遠方遷徙遼闊的未知
日日夜夜
每個輪迴都將為自己重生

雨後的天空
你還憂鬱嗎？
一種寫詩的心情，灌溉荒蕪
側錄跋涉的山水
風的間隙，預留一行小字
『信仰者的幸福』

暖色調的光陰，溫柔的
落在掌心，合十
淚眼間流動著慈悲
你在平行宇宙的一端
小小的坐標
祈請，便是突圍
諸佛有情，頃間沐著恩光

『信仰者的幸福』
祈求，一切安好無恙
鳶尾花的路徑
在立夏之後盛開
語意已然成熟
每一座廢墟
都能升起炫麗的彩虹

莉塔 / 大愛—溫柔的慈悲

關
。
自
在

盤坐一身光陰
思路蜿蜒 虛妄與真實
不疾不徐
出離多年的滄桑

紛雜與繁華默然而去
塵埃不著香 墨字觀自在
一卷經書關照自己
日月星辰十方護持
永恆定位 停泊在眉眼之間
斷句又殘卷 找回失落的心緒
一隻筆隨時可以導航

觀音恆在 關自在
雙手合十就有信仰

出走

千里跋涉
遇見的你許不是真正的你
江湖深廣
遇見的山水許不是真正的山水

出走
是為了找到離家更近的路

窗扉瓦牆薄暮雲飛
閣樓外縷縷炊煙
我與我
紙筆杯盞之間

深談對坐
靜與淨究竟之路
叩問還原最真實的自己

宅心不言寂寞

宅
不言寂寞　不語江湖
情慾橫流　刀光劍影
與我何干？
空虛不空
盤坐成一種存在
洞悉塵世

宅在家
自我閉關的一種美德
一身皮囊
跨越半個世紀
虛空不空的堅實信仰
一心持奉經書
虔誠祈求

每一個合掌
都直達悲憫天聽
厚德可載物
宅亦非窄
小小斗室亦可出行
觀山涉水
閱覽每一帖友善窗口
雖則
懸月迎曦
輪迴晝夜晨昏
宅居家屋心海遼闊
一葉輕舟
一片雲
寡言多情以詩調伏陰晴

仰望是一種恆在的視角 致詩人——楊牧

潛伏的孤獨
逐字放行
詩的語言
隨風朗誦
揚起的音階
敲亮整個世界

超越時間
跨越歷史的軸心
提煉
已然是修辭的態度
見證了風霜雪雨
見證了黑潮洶湧
如若
仰望是一種恆在的視角
那麼
北極星是一種座標
並且
鐫刻著你的名字

輯四 / 雲梳水流

夢輕盈，劃過雁聲
山脈
佇立成一座夢想
我用甚麼來回應青春
就讓詩歌登峰攀頂

素顏。淨心

素顏淨心，噤是非
聽聞，一曲古老的琵琶
以傾城之姿嬝嬝而來

美人窩居，暇滿優雅
宜抄寫經本，宜祈福賦詩
看見眉眼間的妳
慈悲而良善
讓所有的愛語次第開了花
遠離瘴氣
驅逐了疫途的無情

閣樓外的炊煙

閣樓外的炊煙
被寫成往事
夕落忽而泫然一片晚景
雪花剛剛轉身
舊時光悄悄起了毛毛球
增增減減的活頁紙
刪除了多少青春記憶
洋蔥觸動淚腺
包覆著生活型態
尤其是乍暖還寒
的冬衣哲學

不用贅詞
只將最後的一行半句
留給美麗的孤獨

煙霞過江

沏茶雨簾間
舖雲
捲風
沐明月

千山萬水離塵外
煙霞過江
淙淙遠山而來
如來
如來啖飲茶一盅
裊裊
聽音聲
一席觀自在

莉塔 / 歲月悠悠

覓境

五斗櫃靜置的生辰八字
隱喻著累世習氣
泛黃的紙箋浸淫過宿命
所謂大運本命，不過生活一樁
流年與流日穿梭著紛雜世事
想起你，那一年在清水寺
祈求的平安御守
胸前口袋隨著心跳，時刻
伏貼著你的叮嚀
想你，在好幾個天微微亮
醒後發覺臉龐的淚跡，原是
夢境攪拌過的思念
最初的你，已遠走天涯
抑或猶在我的筆尖
所謂春花秋月，客旅人間
這人生，可有答案？
生與滅，尋尋覓覓
覓境，原是一場心境

雲梳水流

苔痕，儲存記憶
歲月逐日消瘦
藏匿
一筆閨閣往事

雲梳，水流
日子走遠
且說
每一道彩虹
都曾沐浴過淚水
夢輕盈，劃過雁聲
山脈
佇立成一座夢想

我用甚麼來回應青春
就讓詩歌登峰攀頂

覓春日

覓春日？幾許寂然
一筆神韻，嫩草
翩然心中綠

孤隻伴雙影，問答之間
微曦照薄霧，如昔
如初相見
此刻，春可有幾分艷？
光景無邊

莉塔 / 櫻花河畔

舞蝶迷香—訪宋

殘雪褪了，一樁
過境的情事

春日正窈窕，午後
的花茶 玫瑰、菊花與茉莉
還有陽光

採幾句詞話吧！
訪宋，舞蝶更迷香
瘦金了歲月

關於防疫之日常

慣性的孤單
從戴上口罩開始
臉龐的比例藏匿了心情符號
實名制的圖騰穿梭著足跡
酒精可否再給我多一點
病毒仿若無所不在的存在
距離拉出了安全的美感

甭對我過多的熱情
我不知如何表達情感
全副武裝出門之外
就是快快回家淨身洗滌
漂白水儼然是家的味道
肥皂泡沫訕笑著詭魅
強迫症形成佈畏的陰影
每天仍有陽光進來
打開落地窗棲息的鳥隻
是這些日子以來第一個訪客

貓
。
貓
膩

跳躍的日照
悠遊過每一寸葉隙
旅者的日記，試圖調伏著盛夏
被馴服的午后，等待垂釣暮色

此刻，如果你也懂得屈膝
關於貓或者貓膩事件
俯視成另一方世界

日暮時分。伏筆

傾斜的光陰
流經歲月
棲止的豆娘
穿過
時間縫隙

點水輕輕日暮時分
餘韻略過紅塵世事
風微微展開靜置的花語
深深淺淺
墨染羞澀漣漪
儒俠墨客曾經過問
關於妳的故事
唉
掌紋太深
參不透幾多愁
如若一葉脈絡
那麼
讓我在羅織的綺夢裡
預留伏筆

輯五 / 著墨無痕

遠山古剎，梵音外
清風也解意
著墨無痕，便是禪

紅顏紙上

盛夏燃燒青春
綠籐攀爬歲月
皺紋沉默
積累成滄桑往事

七月。我在盛夏
蟬鳴呱噪
薄翼透析著舊時光
書寫從前
紅顏紙上過境了風霜
誰在忖度那陳年憂傷的行距
一字一淚
都是最美的結晶

莉塔 / 鳳凰花開的季節

莉塔 / 心花朵朵

花開。瀲灩了歲月

山風斜雨
尋她已千回
是隔世的允諾
迷霧的詩句
二月初晴
春未遲
一寸一縷遇見

浮生緣
眉眼間餘韻
彷若為你纏綿而來
輕叩
誰家的心扉
一晌清歡
花開
瀲灩了歲月

渡心到彼岸

風生水起，近在咫尺
你複誦的長夜
一世又一世
迷失的曖昧，來不及命名
天就亮了

美麗的睫毛，穿過累世千劫
我在雪域
離祢最近的地方
留守一方煙草，默禱與修持
每一次呼息，每一聲啟白
行止之間
一卷經書的距離
渡心
到彼岸

莉塔／雨後新荷

莉塔 / 日本藝妓 – 花子

之
間

一則墨漬
淹沒了多年的心事
是與非那幾行
眉批過的後中年
再沒有多餘的牽掛

極簡主義的救贖
與菩薩會心一笑
所有的應答
一彎明月深深淺淺
之間

既
往
不
究
。
既
往
不
疚

梵音輕渡，一池寂靜
蓮漪不著意，伴讀月光
墨字一席收斂了聲色
髻髮三千，既往不究

既往不疚
那菩提樹下初萌的新綠
如是清明，如是波瀾不驚

莉塔／心荷

懸月酣然

殘夏，著一身薄衫
花房，冷凝著暗香
是中秋，瀲灩
著詩意
天還未老
折舊的花牆，猶
訴說著前世
有樂音翩翩如夢來
烹茶煮字
一首比翼詩，蜂蝶
不見影

莉塔 / 城之外

莉塔／賞五月雪

薄薄的月光與淡香

引進薄薄的月光與茉莉淡香
把世間風霜一併寫進詩裡
這由來的千古雪意啊！
填滿一紙淒涼
適宜消暑罷！　這傷感
莫怪我，過剩的情感
只是這虛妄的夢，太過真實
雖則，微微的傷痛已遠去
而落筆的此刻，總想說些什麼
留下什麼？　也或者什麼都不留

將你凝眸成一道彩虹

青春一縷輕煙
移過夢境
那為誰植栽的詩行
隱匿了花香
溶化了棉花糖的滋味
每個甜甜圈都旋轉著雙人舞
將你凝眸成一道彩虹
雨過天晴，我知道
愛過，哭過
源自每一個刻骨銘心
的愛情故事

莉塔／凝視遠方的彩虹

閃爍的星光

展讀一卷時光
蜿蜒的小徑，順著河畔溪流
有風徐徐，葉落一彎逝水
樹影唏噓，破碎了一地月光
彼岸是一座孤立的島
來不及應答的，還給靜默的
信箋
未兌現的諾言啊！
彷若那一顆，閃爍的星子
跌宕在眉眼心間

一襲月光

冷凝的霜
在髮上
漂洗著歲月

寂寞默默
單薄成一襲月
光
穿透思念
成河

莉塔／彼岸

輯六 / 如初。種植心間

虛空沒有距離
彌漫的愛無所不在
如果你有祈求，祂
就是方向且不離不棄

行。止

路走到這兒
該歇歇
一旁佇立的菩提已久候多時

快樂與悲傷
就順著水流而去
四季的辯證
隨風去作答
洗淨滿身疲憊
用一顆素心供養
當你靜止
仰視
每一朵雲都為你梵唱

莉塔 / 烏鎮風光

莉塔／荷蘭水岸

叫醒黎明

淚兩行，穿梭了悲歡
捻開一盞燈，叫醒黎明
疲憊的紅塵，已然身後
還有誰在暗泣？
慈悲是一種勇敢
謙卑收斂了傷口
於是，一支斗室之筆
亦可以行走天涯

皈依生活

迴廊經文聲聲
繞塔 供香
供養每一座心燈

您在
須臾之間佇立
成一棵大樹 我的天空
迎曦夕落 每一個回眸
千尋之後

一葦渡江 生死善惡
苔蘚沒入塵煙
人間菩薩 睡夢中醒來
重新 皈依了生活

遇見。自己

淡泊的雲逐漸打開天窗
短髮的 Style 適合妳的減法哲學
胸襟上的花紅烙印了前世密碼
似與不似，相識或不相識

樹與樹
麥浪與天空提供了意見
黑咖與提拉米蘇終止了曖昧
腳下大半碼的靴子等待重新出發
我停佇的文字啊
預見每一個遇見，更清明的自己

我與我的靜坐時間

我們一直都在，不離愛
微溫微雨，不離塵
我在偏一點的角落，抵達夢土
看見遠方的自己靜坐時間
我們席次並排，經書與線香相伴

身語意，從善如流
眼耳鼻舌身意，觀照十方有情
我與我
在剛剛孵好的月光裡
供養一朵水蓮，盛開微笑
愛沒有罣礙

我們一直都在，不離愛

莉塔 / 天堂的路徑

無言詩

1.
鏤空的窗花
嵌入一朵緋紅的落日
半闔的書本
偷偷打盹

2.
時間
被駭入空白的章節
待續
一首無言詩的完成

3. 鬆弛的皮相
解開一層又一層的夢
離地心愈來愈近
見證衰老逐漸熟成

4.
莊嚴以待劇情繁殖
關於「老」去的所有演繹
和「禪」一樣
來去的無聲無息

5.
睡與醒之間
如果切割的很清楚
那麼我就照樣寫我的詩
你就繼續　做你的夢

莉塔／綻放

如初。種植心間

盛開豐美，枯萎絕美
每一唸生滅，如初
種植心間
從過去、現在到未來
每一境的起始都循著依歸

虛空沒有距離
彌漫的愛無所不在
如果你有祈求，祂
就是方向且不離不棄。

前
夕
，
前
戲

所有的挑逗，總在
夏雨豐沛的季節
淚腺潰堤，結黨
玻璃窗

往來行人，多情的貼圖
守住最後的叮嚀
天雨路滑，出門請小心

試圖揣測雲系的曖昧
及一意孤行的風向

前夕，前戲
防災之必要，諸事
暫緩，雖則
陽光總在，雨後事件簿
登錄，明朗

陪我。天荒地老

語言的邊境
還孵著夢
文字開始旅行天涯
步調與鼻息一致
節奏
打開清朗的天空

跨越欄距
寬容取代理解
字與字不再曖昧
深情允諾未來
抵達
天荒地老

詩句比愛情具象

殘卷猶有昨日的溫度

你說，詩句比愛情具象
並且永垂不朽
褪了色的浮世繪，解構
世間男女
無常被多情無限量引用
誓言與糖衣私奔
每一個斷句都離愛情很近
將溫柔與慈悲，置放另一個
我
隔岸觀火

莉塔 / 愛情的顏色

導讀六首

導讀六首——之一

含羞草

杜 瑜

含羞草隱藏慾望
蝴蝶飛入夢囈
寫給你的信藏在詩心
短句輕嘆
長句不拘小節

隨緣而過
那委婉的曲徑
莫要試圖調戲
枝葉的顏色
風一吹就多愁
善感　　　　　　　/ P58

　　這一首小詩是詠物詩，也是借物抒情詩；作者試圖以擬人化描繪含羞草，也借含羞草托物抒情，詠物亦自詠。詩只有兩小節，十一行，意象簡單，手法含蓄，頗似絕句，饒有趣味。

　　前一小節，以含羞草、蝴蝶，一藏慾望、一飛入夢囈寫起。含羞草看似輕盈柔弱，嬌羞無比，這樣的形象，內心卻隱藏著豐富多情的一面。誰知這個不欲人知的小祕密，卻被一眼看穿了，而究竟是哪一個人會對含羞草如此了解？知道含羞草羞答答的外表，竟還藏著一顆多情的心？作者雖不欲說，答案卻呼之欲出。

　　「蝴蝶飛入了夢囈」句，有著「莊生曉夢迷蝴蝶」迷離恍惚，這迷離恍惚正讓蝴蝶夢囈、含羞草的慾望有了連結；慾望的湧動不也是夢囈的縈繞？這是擬人的詠物，也是託物的寫情，因此，「寫給你的

信藏在詩心 / 短句輕嘆 / 長句不拘小節」才有了合理性。這樣的寫物抒情，手法極為委婉，以物入情，移情託物，有無限的想像。

　　後一小節，「隨緣而過 / 那委婉的曲徑」暗示著情事的幽微深隱，心之所戀，別無他求，盡在隨緣。不說隨緣而遇，而用隨緣而過，一「過」字，正說明了對此情的珍惜與當下的滿足。「過」者，不是消失，不是過去，而是攜手走過；不論前路如何幽暗不明，如何變化莫測，也要「執子之手，與汝偕行」。既然緣牽，豈可不隨緣而過？這是作者心情的寫照，此一堅決的心，託以寄喻，輕輕帶過，造成更大的張力與效果。

　　「莫要試圖調戲 / 枝葉的顏色 / 風一吹就多愁 / 善感」此四句就含羞草而寫，確實也將含羞草的形象，生動的擬人化；但這擬人寫物，不也就是借物書寫自己？

　　結尾四句，就字意言，是說含羞草為一極敏銳的植物，只要風輕輕一吹，就會將葉脈收縮起來，更遑論刻意去碰觸了。這樣的形象思維，自然巧妙，暗示著，作者和含羞草是一樣的，同有著一顆纖細柔軟的心，屬於多愁、善感的，是應該要被緊緊地呵護，而不是隨意被無心者觸動、撩撥的。

　　作者不費筆墨，構思新巧，以「調戲」代換觸動，「多愁」、「善感」替換敏感，寫物寫我，寫得非常有味，是一首極耐讀的寫物抒情小詩。

導讀六首——之二
祢來了

杜瑜

祢來的正是時候
美麗的音階滴滴落
落在你花樣的臉龐
落在你柔軟的草皮上
落在你微笑頷首的心坎裡

點點滴滴點點滴滴
承許著諸神的美意
雨啊雨啊雨
祢來的正是時候
洗淨一切煩憂
潤澤了乾涸多時的靈魂
雨啊雨啊雨
祢來的正是時候　　　　／ P59

　　這首〈祢來了〉，明明是浪漫的抒情，卻借著詠物而包裝，可是
浪漫得太過了，不經露出了對愛情滋潤的欣喜若狂，看她喜極而出的
口吻，絲毫不掩內心激動，不禁莞爾。作者將一個尋常熟稔的題目，
寫得如此不尋常；把抽象的情愛轉化為生動的具象事物，信手拈來不
見雕琢，真是駕馭能手。

　　〈祢來了〉，以詠物的角度看，不失為一首極佳的小品詩；明朗
暢快，文字運用也掌握得很好。整首詩意象清晰、節奏鮮明，讀之，
不自覺隨之進入作者所營造的詩境裏，浸染著滿滿喜悅、暢快之情。

　　前一節，用了五行，以「祢來的正是時候」寫出雨適時而降的愉

悅，隨而寫雨的狀態及落點，將喜悅之情呼之欲出的給帶了出來。「來的正是時候」直指雨乃千呼萬喚而來，來得正是時候；「美麗的音階滴滴落」因喜悅，聲聲滴落的雨聲，也成為悅耳的音階；「落在你花樣的臉龐／落在你柔軟的草皮上／落在你微笑頷首的心坎裡」喜雨到極，不覺狂呼之，毫不隱藏的將心事盡付想像的落雨中。原來，虛實的雨，不過是作者眼中的擬情之物，雨滋潤大地，甦醒萬物，一場愛情之雨，及時澆沃了長久渴盼滋潤之心。

看看第二節的幾個描寫，作者這「欣喜欲狂」的喜雨之情，終難掩抑得住。「點點滴滴點點滴滴」既指雨落，也暗示著點點滴滴不可言說的情事；「雨啊雨啊雨」這兩度的呼告聲中，豈不是弦外之音？像不像女子嬌嗔的對情人說：「你啊你啊你」無理而妙，勝過千言萬語？；「洗淨了一切煩憂」、「潤澤了乾涸多時的靈魂」正是作者心底最深刻最直白的自語，將一樁深藏的情事，攤在詩句中，再也不想隱瞞，直接訴諸於讀者。

就單純喜雨來說，這可稱得上是一首相當美的作品；透過幾個簡單的意象、修辭，就把喜雨的心情，描寫得酣暢淋漓，字字平凡，句句都不平凡。我喜歡老杜的七律經典〈秋興〉八首，這組因秋感興之作，結構謹嚴，大氣磅礴，可謂老杜的巔峰代表；我也喜歡他的一首細膩唯美〈春夜喜雨〉詩：「好雨知時節，當春乃發生；隨風潛入夜，潤物細無聲。野徑雲俱黑，江船火獨明，曉看紅濕處，花重錦官城。」

作者的喜雨，與老杜的喜雨，觀察的角度不同，表現的手法不同，詩的體式型類也不同，殊難相提並論。可是不論借物抒情也好，純詠物也罷，這異代不同時的詩人，卻都能將喜雨的心情，自然明快的表

達於詩句。老杜的喜雨是「好雨知時節，當春乃發生；隨風潛入夜，潤物細無聲。」；作者的喜雨是「美麗的音階滴滴落 ／ 落在你花樣的臉龐 ／ 落在你柔軟的草皮上 ／ 落在你微笑頷首的心坎裡」老杜所關注的是民瘼，作者所在意的是抒情，著眼點大大不同，喜雨的欣喜若狂、手舞足蹈自無不同。

　　歷來喜雨詩，是詩人常書寫的題材之一，尤其古典詩作中，這題材常會被詩人寫入詩中，如：曹植、庾信、白居易、楊萬里這些大詩人，都有很好的作品流傳於世。作者以詩人敏銳的觀察，將喜雨巧妙而俏皮的寫入詩中，既可與古人相互對映，同時也為現代詩開啟一道新的書寫的路徑。

導讀六首——之三
一襲月光

杜　瑜

冷凝的霜
在髮上
漂洗著歲月

寂寞默默
單薄成一襲月
光
穿透思念
成河　　　／ P110

　　古往今來對生命的探索，自不乏其人，從王侯將相到販夫走卒，無不對這個死生大矣的問題，關心備至卻一籌莫展，哲學家、宗教家們，更是窮畢生之力，欲解而不得其解，對多愁善感的詩人騷客而言，更是一個永遠的大哉問？

　　蘇東坡泛遊赤壁賦，也會興起「固一世之雄也，而今安在哉？」的感慨，面對著大江而有「寄浮游於天地，渺蒼海之一粟；哀吾生之須臾，羨長江之無窮」的愁思。人的有限性如何勘破、看透？是自其變者而觀之呢？還是自其不變者而觀之；是天地曾不能以一瞬呢？抑是物與我皆無盡也。「生年不滿百，常懷千歲憂」亙古以來，誰又能自身其外？

　　〈一襲月光〉，採用了客觀的手法，捕捉幾個簡單的意象，聚焦於髮，就這樣構成了想要表達的主題：時光消逝，生命流轉成河。這樣的書寫不從問題點切入，只拋出簡單的幾個意象組合，留給讀者去揣摩、去思索，其實這個連作者都無法給出答案的問題，讀者自然也不曾有解答的。

　　無法有答案，答案不就在其中嗎？這就是生命的弔詭。你越要去剝解它，它越是一團謎，生命從來不是被理解的；生命的不被理解，才是真正的理解。生命的現象即是本質，任何捨現象欲求本質，都是顛倒妄為的，是絕無得到真相的可能。了解了這個道理，就可以來解讀這首僅僅只有八行，卻是蘊藏著嚴肅主題的作品。

　　不說滿頭華髮，卻說「冷凝的霜　／　在髮上」；不說經過歲月的沖洗，卻說「漂洗歲月」，這當然跟詩的語言模式有關，除此之外，作者所要強調的，不僅僅是形象的改變，而是形象改變背後的那不可抗拒的時間推移。「冷凝」正說明了冰凍三尺非一日之寒，隨著時間悄然的流失，日復一日，待幡然覺察時，水以凝凍成冰。李白的「君不見高堂明鏡悲白髮，朝如輕絲暮成雪」雖然是誇飾，但也說明了，這朝暮之間是潛移默化，是漸進的，當它「逝者如斯，不捨晝夜」推移的時候，人們是不自知，察覺不到的。詩的語言，加上形象思維的特別意涵，讓這三句詩句，不再只是停留在字面的理解。

　　「寂寞默默　／　單薄成一片月　／　光」至此，作者突發奇想將「霜」與「月」、「光」連結在一起，這很容易讓人聯想起，李白的〈靜夜思〉：「床前明月光，疑是地上霜；舉頭望明月，低頭思故鄉」的詩句來。詩人用「霜」用「月光」來表示思故鄉，這是何用意呢？以月亮為意象，做為思鄉、想念的象徵，已成為抒情的傳統，那麼，何以又要「霜」強調呢？

　　原來「霜」與「月光」都有時間推移的隱喻在。「玉露凋傷楓樹林，巫山巫峽氣蕭森」晶瑩的霜露降落在楓樹林間，巫山巫峽的氣象頓時變得蕭索陰森；這是老杜秋興八首的開篇詩句。霜露的降落表示經時

間推移的季節轉變，「人有悲歡離合，月有陰晴圓缺」不也是時間推移下，人事與天象的變化？

　　最後以「穿透思念／成河」做結，這意味著時間是一條亙古長河，人們唯有打破既定的思維，才有可能與時間相續，在時間的大河中，常共流轉。就如：赤壁賦所說：「逝者如斯，而未嘗往也；盈虛者如彼，而卒莫消長也。」

　　作者明知這是個千古無解的大哉問，但身為詩人能不問嗎？以詩叩問，或許就是最好的自問。

導讀六首——之四

長卷

杜 瑜

或說過去，或說永遠
小窗，落日
一枚朱紅印記

詩與墨，幾行歲月
靜聽長卷裡
生生不息的水聲　　　／ P28

　　〈長卷〉是一首以小博大的作品，看詩題只有短短兩字，細品其內容卻詩意無窮。作者以蒙太奇手法，利用分割鏡頭，來創造故事。可以這麼說，這是一個敘說窗裡、窗外，饒富情節，充滿想像的短篇。

　　故事已經結束了呢？還是持續進行？誰知道？如果真知道，那是歷史而不是故事了。所以一開始，作者即以或說……或說……為這腳本預做定調。

　　「小窗」是回憶的起始點，絕非故事的現場；透過「小窗」的凝望，有了連結，才得以激起回憶的浪花。「落日」是說故事者所見之景，一般視為夕照餘暉的景象，在說故事者的眼中，卻成了「一枚朱紅的印記」。也正因這枚印記，才揭開了說故事人的身分，原來說故事人就是故事中的主角。

　　「一枚朱紅的印記」的畫面，是寫實，更多的是寓情於景的書寫，從鏡頭中，故事終於有了線索，我們是不是發現主角正重回到過去的故事裡？這「一枚朱紅的印記」無疑是當日最美豔的情節，也是最撓心的烈火。或許情節已成了「落日」，但種種綺麗的橋段，隨著窗外這「一枚朱紅的印記」卻永遠都在。在此，「朱紅的印記」、「落日」已成為寫實、抒情的雙關。

　　前三句，是作者借窗外之所見，以「落日」說「一枚朱紅印記」的故事。就字面而言，作者並沒有賦予故事具體的情節，但透過鏡頭，卻有欲言又止的低低切切，訴說著一個極美麗極浪漫的抒情。大音希聲，大象無形。看來作者是頗知「言有盡而意無窮」這樣的表達手法的。

　　後三句，轉寫窗內，轉抒情為寫意。「詩與墨，幾行歲月」說明了這故事是持續進行的，在潛藏於讀詩與寫詩的日子裡，這些文字都是最華美的情節，最誘人的風景。小窗外的「落日」，會不會再度成為「一枚朱紅印記」呢？日升月落，歲月流轉，誰能說不會？

　　「靜聽長卷裡 ╱ 生生不息的水聲」，這樣的結尾，最是巧妙。「長卷」二字是通篇的關鍵，長長道不盡，說不完的故事，接著緊扣著「生生不息的水聲」，讓人有著「天長地久有時盡，兩情繾綣無絕期」的想像。作者從容自在的「靜聽」，不但讓故事添了幾多餘韻，也讓讀者產生了幾多遐想。

導讀六首──之五

停泊的夜色

杜 瑜

1.
停泊的夜色，酣眠
踩著光的韻腳
很輕很輕
深怕，驚醒一個夢

2.
落葉三千，猶有餘韻
循著香蹤曾有的紅豔
那誰多情
遺落的步履，一葉一宿
訴說著前世　　　　　　　/ P66

　　乍看這是一首以夜色、落葉的為題材的詩作，但細看只有一個題目，不覺讓人要多著墨些，看他分明寫的是詠物，實而又是不折不扣的抒情之作。

　　〈停泊的夜色〉光看題目，就像一首意境豐饒，特別引人遐思的唐人絕句。這樣的命題美則美，卻是不易下筆，一不小心，唯美的氛圍就會一掃殆盡。作者以構思巧妙的意象入詩；如此，不但讓題目充滿詩意美感，也起了畫龍點睛之效。小詩看似易作，實而難寫，並不是每一個意象都能醞釀可得，縱有靈光一現，如未能精確捕捉，穩妥掌握，實難有佳作出現。

　　第一小節，只用了短短四行，將「夜色」與「光」，寫得如此輕盈柔美。一靜一動，彷彿是夜的精靈，在幽靜的時光中，悄然俯視大

地。「停泊的夜色，酣眠」省略了主詞，讓詩句憑添著想像。可以是時光推移，來到了靜謐的夜空，只見悠然的月，似一葉小舟停泊在碧海銀河中；如果對應第二小節來看，更有「霜露既降，木葉盡脫，人影在地，仰見明月，顧而樂之。」的畫面。

「停泊」既寫月光移動後的靜止，更有人駐足月下的流連。「酣眠」二字飽滿有力，襯托出這艘月亮小舟停留在碧海青天的靜蕭；也是觀月人凝望月色的喜悅酣暢。作者借月，帶出了一個如夢似真的想像，既有夢裡栩栩如生的蝴蝶，更有醒後恍惚迷離的莊周。「酣眠」更有身處這樣絕美的情境，唯願沉醉在月色中，說甚麼也不願醒了的指涉。

再也沒有比「踩著光的韻腳 / 很輕很輕 / 深怕，驚醒一個夢」這樣的安排，更好了。月光緩緩流動，不疾不徐，詩心悄然飛越；流光的足跡，飛揚的詩韻，無聲勝有聲。此時，最怕是：任何一個小小的驚擾，都會無情的將夢境打翻。作者透過「夜色」與「光」的悄然流動，無一字言情，惘惘之情盡在其中。

第二小節，以五行短句，移情入景。「落葉三千，猶有餘韻」有「落紅不是無情物，化做春泥更護花」的靈動；「落葉三千」象徵大千世界緣起緣滅的空性。空性不滅，隨緣流轉，此滅彼生，彼生此滅，故《大佛頂首楞嚴經》有：「汝愛我心，我憐汝色；以是因緣，經千百劫，常在纏縛」的經文，世間情愛，豈非如是？。「猶有餘韻」正是「深知身在情長在」的寫照。整句，純是詠物抒情的雙關。

正因為境過事不遷、情難移，才會有「循著香蹤曾有的紅豔 ／那誰多情」的接續動作。「香蹤」、「曾有的紅豔」，寫的是男女情事，絕不會只是描寫「落葉三千」而已。說的即是「此情可待成追憶，只是當時已惘然」。

結語，再度強調對情愛的深執不悔。「遺落的步履，一葉一宿 ／訴說著前世」這樣的寫法，能收能放，造語平淺，用意深刻。究竟誰才是落葉小徑「遺落的步履」的人？又是誰「循著香蹤」去找尋「曾有的紅豔」？這是很耐尋味的。

「一葉一宿」與「一夜一宿」的語境相關。此「一葉」即「落葉三千」，此「一宿」是剎那即生滅的無常；彼「一夜」當非一夜情之一夜，而是有「一夜夫妻百世恩」的隱喻，而彼「一宿」更有剎那即永恆的不遷。

這首小詩，分兩節來寫，先以營造浪漫極美之境，再寫不悔極深之情。運筆自然，寄託深刻，抒情寫意盡在其中，蘊藉亦盡在其中矣。

導讀六首——之六
後來的你，好嗎？

杜　瑜

有煙花
跌宕在某個章節
老舊的光陰
風流劍，鴛鴦蝴蝶夢
疑惑的江湖懸案

晨與露，紙上已起霧
書窗樓閣，曖昧了理路
殘存的時間，釋出了空間
微光稀釋了各自的孤獨
只想問你
後來的你，好嗎？　　　/ P38

　　這首語意明朗，並不深邃的詩，被用來當詩集的命名，對作者而言，一定有其隱喻或殊義在。對照上一次詩集的名稱《一葉寧靜》，似可印證，亦可從中得到啟發，洞悉此詩及作者所欲表達的深層意涵。《一葉寧靜》的名稱不僅是雙關，更富多義性；光「寧靜」二字，即有文章可做，更何況還有「一葉」呢？「後來的你，好嗎？」雖然沒有〈一葉寧靜〉的多層暗示，但其隱喻性還是很強的，細心的讀者，自不難從詩句中發現其中的弦外之音。

　　整首詩的文字、意象都很明晰，是一首典型的情詩。對於「愛情」這般尋常的題材，始終都不乏高明作者，寫出深沉感人的作品，即使是平淺的一兩句詩句，有所共鳴，都能流傳千古，歷久彌新。唐人金昌緒的〈春怨〉就是最好的例子。

　　「打起黃鶯兒，莫叫枝上啼；啼時驚妾夢，不得到遼西。」這首短短僅有二十個字的五言絕句，竟讓這位大唐帝國沒沒無聞的詩人，一夕間登上耀眼的詩史舞台，與李白、杜甫們，烜赫大師的詩作，同時出現在十九世紀中國最偉大的詩選《唐詩三百首》中。撇開際遇不提，這首名為《春怨》的詩，確實寫得極出色，寫出了古代深閨女子的共同心理，觸動天下女子相同命運的共鳴。詩中無一字是怨，通篇卻充滿說不出道不盡的閨婦哀怨。

　　晚唐李商隱是公認的情詩高手，他一系列的無題詩，是此中少有的傑作。他的情詩寫得既唯美又晦澀，才會有「詩家都愛西崑好，獨恨無人作鄭箋」的說法。但他也有一首極明朗的情詩，廣受好評，歷來選本也都可以見到。「荷葉生成春恨生，荷葉枯時秋恨成；深知身在情常在，悵望江頭江水聲。」這首〈暮秋獨遊曲江〉之所以感動無以數計的讀者，原因無他，就是能引起共鳴。

　　舉了古人的兩個例子，就是說明尋常的素材，一樣的命題，在不一樣的作者慧心獨具之下，仍可寫出震鑠今古的佳作來。關鍵是，詩人們能否寫出千古一同的情感共鳴，寫出不與尋常一樣的內容、風格。金昌緒、李商隱以不同的題材，寫下對情感相同的深刻感知，儘管這些文字，明明就像脫口而出的尋常語言，但都成了感人至深的詩句。

　　〈後來的你，好嗎？〉就是這樣的一首詩。雖然，現在已經不再有「閨怨詩」的名稱，但這一首小詩，的的確確可以稱得上如假包換的閨怨詩。說是閨怨，具體說，應該是抒情具有深藏不露的本領，而不是滿紙商聲的哀怨，這也是古來抒情傳統的特色，好的情詩，絕不能開口見喉，一吐而盡。

　　此詩分為兩小節，隨著時間順序而展開。前一小節，寫情事；後一小節，敘情感。前一小節，是故事發展的線索；後一小節，是情節轉折的心境。有故事、有轉折，才凸顯出主題來；經「後來的你，好嗎？」輕輕一點，瞬時將蓄積已久的情感，張力十足的爆發出來。詩貴含蓄，能如此，自然張力無窮，含不盡之意，見於言外。

　　「有煙花 / 跌宕在某個章節 / 老舊的光陰」從時間軸點出故事的情節。「老舊的光陰」並非指久遠的年代，而是古典心理的抒情，那是浪漫深情、燦爛似煙花的時光。「跌宕」二字用得好，看得出這愛情來得突然、來得迅猛，猶如暗藏在某些字裏行間的情節，既撲朔又高潮迭起。

　　「風流劍，鴛鴦蝴蝶夢 / 疑惑的江湖懸案」蘊藏愛情可期與不可期的多面。「風流劍 / 鴛鴦蝴蝶夢」穿插了武俠小說慣用的詞語，拉開了一幕幕如在眼前上演的愛情。劇情是如何呢？可以略而不提，但從「疑惑的江湖懸案」一語，誰都知道這絕非是一齣乏味的肥皂劇，這肯定是有戲的，是一場跌宕生姿的精采大戲。

　　「晨與露，紙上已起霧 / 書窗樓閣，曖昧了理路」 這兩句是劇情轉折的關鍵，也是解開「疑惑的江湖懸案」的符碼。「晨與露」喻指美好的事物難長久；「晨」指朝夕間的短暫，「露」象徵美好的事物，也有短暫的意思，金剛經即有「如露亦如電」的說法。「紙上已起霧」意像連結極富想像，將「起霧」想像成紙上燃起了煙霧。因此，才會有「曖昧了理路」之說。「書窗與樓閣」是男女主角的身分表徵。循著這理路走去，讀者自可跟著入戲。

「殘存的時間，釋出了空間 / 微光稀釋了各自的孤獨」時間終究是最客觀的真理，再狐疑難解懸案，只有時間能給予答案。當局者迷，旁觀者未必是清，各自給予空間，剩下的就留給時間來澄明；對於真正相愛的人而言，這是最明智的，也是唯一能做的。「微光稀釋了各自的孤獨」意像獨特，造語精妙，最為傳神，有蓄勢待發的振奮與鼓舞。

「只想問你 / 後來的你，好嗎？」這是全詩最關鍵的一句，看似尋常的一句問候語，放在這裏，一點也不尋常。這是劇情的壓軸，也是情感蓄積的大爆發，是作者傾全力，訴之最直白的告白；看似輕輕一問，卻有如石破天驚，問而未答，戛然而止，卻留下了無盡想像空間。讀到這裡，可謂餘味無窮矣。

詩歌影音作品

莉塔 / 三線琴藝妓

《允許你》、《有些話》、《愛恆在》、
《心的方向》、《如果你正讀著我》
相關影音作品可以至—YouTube 搜尋哦！

《姵綾情詩女子樂團》

詩詞：陳姵綾
圖像：陳美珠（莉塔）
作曲：王盈晰、蔡惠君
編曲：王盈晰、郭尚諺、趙自在 /300ss 音樂劇場團長
主唱：劉鴻雁、王盈晰、蘇庭媛

陳姵綾

陳美珠

王盈晰

蔡惠君

劉鴻雁

蘇庭媛

問 路

作詞 / 陳姵綾
作曲 / 王盈晰
主唱 / 王盈晰

不小心把相思灑滿地
讓行經的小路起了霧
問路
你聽我呢呢喃喃傾訴
問路
牽著我意意儂儂漫步
你說
走過的路或許有些迷誤
你說
已入住的心是一種禮物
問路
你聽我呢呢喃喃傾訴
問路
牽著我意意儂儂漫步

天堂的路徑

作詞 / 陳姵綾
作曲 / 蔡惠君
編曲 / 王盈晰
主唱 / 蘇庭媛

依山膜拜，群樹向陽
通往你，通往最美的天空
我的心裡有條路徑
你我最貼近的距離

群樹向陽，依山膜拜
從白天到黑夜，從以前到現在
心裡頭有條路徑
將歲月蜿蜒成最美麗的歸依

聽哪，那迷路的歌聲已穿入雲霄
看哪，所有的信仰有了指標
風微微的笑了，眾神也笑了
風微微的笑了，眾神也笑了

秋心

作詞 / 陳姵綾
作曲 / 蔡惠君
編曲 / 王盈晰
主唱 / 王盈晰

江邊　煙雨樹

花褪　殘紅落

回首

歲月如流

委婉行歌　話滄桑

秋鎖夜色

幽幽上了心

是新愁

離了岸　又上岸

流光

作詞 / 陳姵綾
作曲 / 王盈晰
主唱 / 劉鴻雁

流光淹沒了歲月的輪廓
水草纏繞著未溶解的夢
無痕的淚珠，赤裸的心
失去了見證
憂憂傷傷，幽幽湯湯
模糊了雙眼，模糊了你
忘了流光裡，愛的你與不愛的你

雲遊弦外

作詞 / 陳姵綾
作曲 / 王盈晰
主唱 / 王盈晰

非僧非禪
蘸上春水　寫詩
妄想　雲遊弦外
覓有緣
不經意　行腳
你所在的地方
托缽化緣
你前世溢出的
多情淚水

裁剪嫁衣

作詞 / 陳姵綾
作曲 / 王盈晰
主唱 / 蘇庭媛

不論何年何月，不為朝陽夕落
胭脂紅粉，裁剪嫁衣
每一次的守候，每一次的凝眸
都為你我的因緣
虔心合十，大地行禮如儀
每一日皆佳期，待嫁女兒心
娉婷為你

有些話

作詞 / 陳姵綾
作曲 / 王盈晰
主唱 / 王盈晰

有些話
像春風微映你亙古的水波蓮池
有些話
彷彿雲端回應的深情一吻以及溫暖的擁抱
或許
我們談論四季輪迴的生與死
我們學習循著眾神的方向祝禱以及告解
有些話與你說
有些事陪你做
而那迢迢的道路又深又遠
每一站的歇息都是重新出發的開始
微笑的淺灣停泊的舟子
已幫你預約下一個身心安頓的行程

如果你正讀著我

作詞／陳姵綾
作曲／王盈晰
主唱／劉鴻雁

積雪與陽光
交錯初春的詩句
窗台的流雲
位移季節的風景
卑微與壯麗都成小小的過往
風吹輕輕
一個十八歲或者八十歲的我

那些為誰停佇的時光
如果
如果你正讀著我
讀著我的稚嫩與堅強
那麼，我並不寂寞
那個十八歲和八十歲的我
總有百千個愛你的理由
即便你已不是原來的你

國家圖書館出版品預行編目 (CIP) 資料

後來的你，好嗎？/陳姵綾詩；莉塔圖 -- 初版.--
臺中市：白象文化事業有限公司，2023.05
162 面；14.85x21 公分
ISBN 978-626-364-034-4（精裝）

863.51   112007065

作　　　者	陳姵綾	
校　　　對	陳奕伶	
美 術 編 輯	豐和行銷企劃有限公司	
執 行 編 輯	陳奕伶、張丞妤	
地　　　址	406 台中市北屯區文心路三段 447 號 4 樓	
電　　　話	04-2295-8989	

發 行 人	張輝潭
出 版 發 行	白象文化事業有限公司
發 行 處	412 台中市大里區科技路 1 號 8 樓之 2(台中軟體園區)
出 版 專 線	04-2496-5995
出 版 傳 真	04-2496-9901
經 銷 部	401 台中市東區和平街 228 巷 44 號
購 書 專 線	04-2220-8589
購 書 傳 真	04-2220-8505

印　　　刷	基盛印刷工廠
地　　　址	407 台中市西屯區永輝路 83 號
電　　　話	04-2312-2670
傳　　　真	04-2312-8398

定　　　價	台幣 490 元

2023 年 6 月初版一刷 • Printed in Taiwan

ISBN 978-626-364-034-4